INGE BORCHERT-BUSCHE
VILLA FLORA

Bibliografische Information Der Deutschen
Bibliothek:
Die Deutsche Bibliothek verzeichnet
diese Publikation in der Deutschen
Nationalbibliografie; detaillierte
bibliografische Daten sind im Internet
über < http://dnb.ddb.de > abrufbar.

Herstellung und Verlag
Books on Demand GmbH
Norderstedt

ISBN 3-8334-5508-X

VILLA FLORA

EIN KINDERTRAUM ZWISCHEN GESTERN & MORGEN
- ODER -
KINDERTAGE IM PARADIES

INGE BORCHERT-BUSCHE
ERINNERUNGEN
AN DIE INSEL FÖHR
IMPRESSIONEN EINER KINDHEIT
ZUM VORLESEN
UND NACHDENKEN
FÜR
KINDER & ERWACHSENE

MEINEN KINDERN

PHILINE & JANNICO

UND

ALLEN KINDERN DIESER WELT

Durch den Tod meines Mannes wurde die schönste Zeit meines Lebens abrupt beendet.

Der Traum vom Leben mit der Familie, eine Zeit der Unbeschwertheit und des Glücks ging jäh zu Ende.

Eine Zeit, in der jeder Tag vergoldet war, erfüllt vom Lachen der Kinder, erfüllt von Farben, Wärme und Licht.

Ich habe versucht, die Stimmungen und das Glück dieser Tage einzufangen in Bildern und Fragmenten – von den Sommergärten meiner Erinnerungen, von dem Zauber der Stille – und dem Gesang der Vögel.

Von Spuren im Schnee und Erinnerungen an Wintermärchen – von der Geborgenheit eines Hauses und der unendlichen Freiheit einer Insel –

zwischen Träumen und Wachen –

und dem Lachen und Strahlen meiner Kinder.

Inge Borchert-Busche   Wyk auf Föhr, 15. Jan. 2006

Und stünde ich im Paradies

Und könnte dichten –

Ich reimte heute ein Gedicht wie dies.

Else Lasker-Schüler

Ahnung – oder: Ich bin so guter Dinge …

Sie erklommen den Deich und – sahen das Meer – das Licht und
die Weite.

Zwei kleine Kinderseelchen eingetaucht in den Himmel über Föhr.

Ja, eingetaucht in den Himmel.

Ganz am Ende der Insel – auf dem Deich vor Utersum scheint man
an manchen Tagen zu schweben – zwischen Himmel und Erde –
zwischen einem unendlich hohen Himmel und einer unendlich
flachen Erde, die lautlos und übergangslos ins Meer gleitet, das sich
still im Horizont verliert. Sich verliert wie unser Blick, der die Weite
in uns öffnet und uns weiter sehen läßt – über den Horizont hinaus
– bis die Weite zum Spiegel unseres Inneren wird und umgekehrt –
wo wir nur noch umgeben sind vom Himmel in uns.

Gebannt blieben die beiden kleinen Menschlein auf der Spitze des
Deiches stehen – und ohne daß es ihnen bewußt war, tauchten sie
ein in die Magie dieses Augenblicks und waren für immer davon
gefangen, als sie die Freiheit spürten, die dieser Augenblick in ihnen
entstehen ließ – wie ein tiefer Atemzug und ein Sehen mit
geschlossenen Augen.

Dies war der Beginn der Liebe zweier kleiner Kinder zu der Insel
FÖHR.

Und nach einem Moment der Verzauberung kehrten sie zurück in ihren kleinen Kinderalltag und rannten los. Rannten los, was das Zeug hielt. Rannten und rannten.

Und ihre Äuglein strahlten, ihre Wangen glühten – bis sie sich atemlos und erschöpft – glückselig – in den Sand warfen und dort für einen weiteren Moment lang regungslos liegenblieben, als wollten sie alles noch einmal in sich rekapitulieren, wie einen Flug von den Gipfeln der Berge in die unendliche Schönheit des Lebens.

Und dann fühlten sie sich vielleicht wie der gute alte Geheimrat Goethe:

> Ich bin so guter Dinge
> so heiter und rein,
> und wenn ich einen Fehler beginge,
> könnt's keiner sein.

Schläft ein Lied …

Ich trat vors Haus.

Mein Blick ruhte einen Moment lang auf dem kleinen Fischerhäuschen von Oma und Opa Bracke.

Dann wanderte mein Blick die Straße entlang über die geduckten Häuschen an dem Kapellchen vorbei zum Wasser hin, auf das das Sträßchen zulief und sich dem Blauen, Klaren öffnete und so die Weite und das Meer ganz nah in die Nachbarschaft unseres kleinen Sträßchens rückte.

Wir waren die Nachbarn des Meeres und des Strandes, der Weite und des Lichts.

Diese beglückende Nähe der Weite – auch hier, wo die Häuschen eng zusammengedrängt waren – konnte man einatmen wie eine Kraft, die sich jeden Tag aufs Neue verströmte und zum Beschützer der Seele wurde. Ihr Ruhe und Zuversicht schenkte – auch in den stürmischen Tagen der Alltagsprobleme.

Stille lag über dem beginnenden Tag.

Die Straße war leer von Menschen, so daß ich in das Bild, das sich mir darbot, ganz versinken und mir ganz selbst und den Gezeiten meines Lebens begegnen konnte. – Orientierung in der Fülle von oft verwirrenden Gefühlen, von Ängsten, Hoffnungen und Glück.

Ich liebte diese stillen Momente der Einkehr. Am Morgen oder am Abend eines Tages vors Haus zu treten und die Nähe zu spüren der Kraft, die uns umgibt und deren Teil wir sind.

Es mag sein, daß durch die Geschehnisse und schrecklichen Turbulenzen in unserem Leben ein Stück Seligkeit abrupt abgeschnitten und zerstört wurde. – Aber die Momente seligen Empfindens dauern fort in unseren Herzen, überbrücken die Ereignisse des Irdischen und öffnen uns die Tore zur Ewigkeit, deren Teil wir sind und bleiben – auch – und gerade – im Angesicht des Todes.

Und jeder Augenblick des Glücks und des Friedens kündet von Wahrheit und Schönheit, von Herkunft und Ziel - und schenkt uns ein Stück Heimat, die uns niemand nehmen kann, über jede Entwurzelung hinweg.

Ich bin dankbar für alles, was ich in diesem Leben empfangen habe. Es ist der Fülle mehr als genug und läßt meine Tränen in den Acker des Schmerzes rinnen und Kraft und Blüten aus ihm ersprießen. Denn keine Träne ist umsonst geweint, als daß aus ihr nicht neues Leben keimt und neue Hoffnung und neue Liebe.

Ich hoffe, daß ich meinen Kindern einen Teil des Gartens bereiten durfte, der die Blumen des Glücks, der Liebe und der Freude an diesem Leben in uns erblühen läßt.

Denn ich weiß, daß jeder Augenblick des Glücks und der Liebe zum Leben aus dem Garten der Ewigkeit stammt und wir hier auf Erden da sind, um seine Pracht in den Herzen der Menschen – und ganz besonders in den Herzen unserer Kinder zu mehren.

„Er hat die Ewigkeit in unser Herz gesenkt", heißt es in einem Vers der alten jüdischen Thora, die auch unsere HEILIGE SCHRIFT ist.

– Möge dieser Keim der Ewigkeit in uns wachsen, blühen und gedeihen, auf daß wir in den Stürmen unseres Lebensstromes sicher getragen werden – von Glaube, Liebe und Hoffnung.

Dies wünsche ich meinen Kindern und allen Kindern dieser Welt.

Der Frühling unseres Lebens mit Euch war lang. Mir schien er wie die Ewigkeit – so schön und klar.

Er endete abrupt, lange bevor der Sommer begann.

Mögen die Blüten des Frühlings in Eurem weiteren Leben nicht verdorren, sondern die Knösplein sprießen und Früchte tragen und ihre Schönheit im Glanz der Sonne und im Tau des immerwährenden Anfangs immer wieder aufs Neue sich öffnen und Euch des Lebens Sinn und Glück entblättern, so wie im Angesicht jeder Blüte dieser Welt sich geheimnisvoll unser Sinn enthüllt als läsen wir in unserem eigenen Angesicht wie in einem uralten Buch.

Und ich möchte Euch die Verse von Joseph von Eichendorff mit auf Euren Weg geben:

> Schläft ein Lied in allen Dingen
> Die da träumen fort und fort
> Und die Welt hebt an zu singen
> Triffst Du nur das Zauberwort.

Oder um es mit Giordano Bruno zu sagen:

VICIT INSTANS !

ICH TRÄUME
TRÄUME TRÄUME
ICH TRÄUM MICH
VON HIER
FORT

ICH TRÄUME
TRÄUME TRÄUME
MICH
AN EINEN GEHEIMEN
ORT.

ICH BIN
UMGEBEN
VON FARBEN
VON SONNE
UND VON LICHT
ICH SEHE
BLUMEN TANZEN
SIE SINGEN
VERGISS MEIN NICHT.

ICH HÖRE
DIE STIMMEN
DER BÄUME
IHR RAUSCHEN
UND DEN WIND

ICH BIN GEFANGEN
VERLOREN
ICH BIN WIEDER
EIN KIND

ICH BIN
UNENDLICH VERLOREN
IM RAUSCHEN DIESER WELT
IM SPIEL
VON LICHT UND SCHATTEN
DAS MICH GEFANGEN HÄLT.

ICH BIN
GEFANGEN
VERLOREN
IN EWIGKEIT

UND ZEIT –
IN ZEIT
DIE SICH MIR WEITET
IN EWIGKEIT
DIE BLEIBT.

ICH BIN
EIN KIND
VON ALLEM
VON WEITE
UND VON LICHT
ICH BIN GEFANGEN
IN FREIHEIT
IN ZEIT
DIE SICH MIR BRICHT.

ES IST DER BRUCH DER KETTEN
DER UNSER MENSCHSEIN
SPRENGT
ZU NEUEN DIMENSIONEN
WOHIN MICH ALLES
DRÄNGT.

Sonntagmorgen

Zwei kleine Kinderhände schieben sich vorsichtig über den Rand

der Bettdecke und ziehen sie noch einmal hoch bis zum Näschen.

Die Äuglein noch einmal fest zugedrückt und dann ein vorsichtiges

Blinzeln. Das Köpfchen nach rechts – ein neugieriger Blick auf das

Bett des Schwesterchens und dann: Hui! Unter dem Schlachtruf –

Erster! – die Treppe hinunter im Sauseschritt! Zwei Wuschelköpfe

drängeln sich am Küchenfenster.

Draußen noch die weiße Pracht von gestern fast unberührt.

Nur ein paar Stapfen von der Nachbarskatze, oh, Graus, zwischen

den zierlichen Spuren ihrer kleinen Lieblinge, den Vögeln!

Aber Gott sei Dank! Sie hatten mit Hilfe von Papa und Mama die

kleinen Knödelchen und Futterringe hoch genug gehängt in zartes

Geäst. – Und da waren sie auch schon, ihre geliebten kleinen

Freunde, und hämmerten und pickten wie verrückt, daß Bäuchlein

und Schwänzlein zitterten vor Anstrengung und Frühstückslust!

Die Näschen plattgedrückt und: Psst! Nur keinen Laut, um sie nicht

zu verschrecken.

Ob sie wohl gut geschlafen hatten? Wohlig und warm, wie sie,

Linchen und Hanko; nicht im warmen Bettchen, aber hoch oben in

den Wipfeln der Bäume – geschützt von den Zweigen der Tannen –

18

oder im Efeu – und Glyciniendschungel an der Hauswand, eingekuschelt in ihr wärmendes weiches Gefieder.

Ob sie sich wohl aneinander schmiegten – und träumten vom fürsorglich gedeckten Tisch am nächsten Morgen zwischen den winterlichen Zweigen des Kirschbaumes und der Fliederbüsche?

Und da! Auch den Apfel hatten sie entdeckt mit seinen roten Bäckchen – und pickten wie die Teufel!

Oh! Dieser freche Spatz! Hihi, was fiel dem ein!

Kein Wunder, sein dickes Bäuchlein zeugte davon, daß er der Frechste war unter den geliebten Piepmätzen und sich vordrängelte, was das Zeug hielt!

Aber bei so viel Gepicke und gutem Appetit – knurrte da nicht auf einmal das eigene Bäuchlein? – und wieder: Hui! Jetzt Papa und Mama geweckt, die Langschläfer! Und ein lautes Indianergeheul tönte durch das Haus: „Wir haben Hunger, Hunger, Hunger!"

Die Treppe hinauf, Tür auf! Und schwupps, zu Papa und Mama ins Bett. Dann kurz noch wohliges Gekuschel, doch bald schon ungeduldiges: „Genug!"

„Hunger, Hunger, Hunger!" schallte es nun in den Ohren von Papa und Mama. Und Schluß wars mit sonntäglicher Langschläferei!

Die Bäuchlein waren leer, oh Jammer, wie bei den kleinen Vöglein nach langer Nacht, und mußten gestopft werden mit allerlei

Leckerem! Und ab gings in Nachthemdchen und Morgenmantel in die Küche!

Die Brötchen, schwups, in den Backofen, die Marmelade, die Butter und die Milch, Kuchen und Kaffee, husch, auf den Tisch! Sonntagsmusik tönte leise aus dem Radio und füllte die nur kurzen Pausen zwischen Gemampfe und munterem Geplapper.

Ein wunderbarer neuer Tag begann, ein ganz besonderer: ein Sonntag, ein ganz langer Sonntag zusammen mit Mama u n d Papa und den kleinen Piepmätzen und allem, was das Leben so schön machte!

KINDERLACHEN

DER ABEND
DER MORGEN
DER TAG UND DIE NACHT
DER MOND UND DIE STERNE
IN ALL IHRER PRACHT.

DIE SONNE
SIE GLEISSET
AM HIMMEL SO HELL
SIE GLITZERT UND SCHIMMERT
IM KÜHLKLAREM QUELL.

DIE BÄUME
DIE BLUMEN
WER HAT SIE GEMACHT
DEN WIND UND DIE WOLKEN
DAS ALLES
ERDACHT´?

DIE KINDER
IHR LACHEN
SO STRAHLEND UND HELL
IHR MUNTRES GEPLAPPER
EIN EWIGER QUELL.

Das Schneeglöckchen und der Kirschbaum

Die ersten Schneeglöckchen lugten aus dem Moor hervor unter dem Kirschbaum, der seine noch kahlen Äste ausstreckte in das Licht der Sonne der letzten hellen und klaren Wintertage, die schon vom Frühling kündeten. Das Licht hatte sich auf seine starken Arme gelegt, als wolle es die alte verschlafene Lebenskraft aus dem Winter wecken zu neuem Leben zu neuem Frühling.

Und fast schien es, als breite er seine starken Arme schützend über den kleinen weißen Blütenköpfchen auf zartgrünen Stengelchen aus, um diese ersten Frühlingsboten vor noch möglicher winterlicher Ungemach zu schützen.

Ein kleiner Junge stand am Fenster des Hauses, vor dem der Kirschbaum und seine kleinen Schützlinge mit den weißen Häubchen auch ihr zu Hause hatten. Er stand in seinen roten Strumpfhöschen auf einem Stühlchen, das er sich vor das Fenster geschoben hatte, weil er sonst gerade erst über die Fensterbank hätte schauen können. Er stand auf dem Stühlchen und blickte andächtig auf dieses Bild zwischen Winter und Frühling. Zufriedenheit und ein gewisses Wohlwollen waren seinem Blick zu entnehmen. Als spürte er tief in sich dieselbe Geborgenheit, die dieses Bild ausstrahlte. – Das kleine niedliche Pflanzenwesen mit

23

seinen grünen Strumpfhöschen und weißem Mützchen im weichen grünen Kuschelmoos vor dem Stamm des großen starken Baumes, der noch sein Winterkleid angezogen hatte und seine frühlingshafte Pracht und seine sommerlichen Wonnen noch verbarg. Aber unter seiner starken alten Rinde, in den Spitzen der Zweiglein, in der ganzen Kraft seiner starken Äste verbarg sich schon all seine zukünftige Schönheit und Pracht, auch wenn sie noch schlummerte – oder sich doch schon regte und bereits von den ersten wärmenden Sonnenstrahlen nicht nur träumte, sondern ihnen schon vorsichtig und erwartungsfroh entgegenblinzelte, wenn auch für uns Menschen noch verborgen.

Wie bei einem kleinen Kind vielleicht, schon aus dem Schlaf erwacht, aber die kleinen Äuglein noch geschlossen sich schlafend stellend, um nicht zu früh aus süßen Träumen aus süßem Schlummer zu erwachen – bis die Verlockungen des Tages über- hand nahmen über die Macht der Träume als Vorboten des Tages und das, was da kommen sollte, den kleinen Schläfer, schwubs – und räkel, räkel, aus dem Bettchen springen ließ, um dem neuen Tag zu begegnen mit all seinen Freuden und Überraschungen. Nachdenklich stand der kleine Junge auf dem Stühlchen vor dem Fenster.

Träumte auch er noch? Oder blickte er halbwach, versunken sinnierend, auf das Bild von dem großen starken Baum und dem kleinen Schneeglöckchen – wohlbehütet unter ihm.

Als zögen bereits, nicht nur die Freuden des kommenden Tages, sondern auch schon die lieb vertrauten Bilder und Freuden des nahenden Frühlings und des sicher folgenden Sommers vor seinem Blick an ihm vorbei. Bilder und Vorfreuden, die das warme, weiche Licht der Sonne auf den Armen des Kirschbaumes und das kleine Schneeglöckchen im weichen Moos in ihm hervorriefen und neue Träume und Bilder in ihm weckten.

Ostern

oder die kleinen Goldhähnchen und wir

Ostern war für uns die Zeit der erwachenden Natur, der verborgenen Geheimnisse, die in ihr schlummerten und deren Rätsel und verborgene Wunder sie einen Spalt weit Preis gab in der farbigen Leuchtkraft der kunterbunten Ostereier, die wir, Gott sei Dank, trotz sorgsam gehüteter Verstecke zwischen Zweiglein und Büschen, im Moos, unter Efeu und Blättern verborgen, immer wieder entdeckten – zwischen pastellfarbenen zarten Krokussen und den ersten, zwischen mattem Gras und kleinen blauen Glockenblümlein leuchtenden Primeln, die – kleinen Trompeten gleich – mit ihren farbenprächtigen Fanfaren den Frühling und das Osterfest als Vorboten allen späteren Farbenrausches einläuteten und stimmungsvoll ummalten.

Nicht ganz wie vor dem Heiligen Abend, aber doch ähnlich spannungsvoll, fieberten wir dem Ereignis entgegen mit leicht unruhigem Schlaf und kunterbunten Träumen.

Festliche Sonntagskleidung und frühes Aufstehen waren heut Ehrensache. Auch das Knurren im Bäuchlein konnte heute von der Spannung dieses Ostermorgens unterdrückt werden, die uns so früh erwachen und putzmunter nach kurzem Waschgespritze und schnellem Einkleidungsritual die Treppe hinunterflitzen ließ. – Ein erwartungsfroher zufriedener Blick auf den in hellen Farben gedeckten und österlich geschmückten Frühstückstisch und dann mit Papa und Mama hinaus!

Gott sei Dank mußte der Osterhase die Eier in diesem Jahr nicht wieder wegen Regens im Haus verstecken!

Auch wenn es, wie meistens, noch frisch und ein wenig klamm – der Rasen noch feucht war – die Frische und Reinheit der Luft, die in unsere Näslein und Lungen stieg und auf der Haut das alljährliche erregende Osterprickeln hervorrief – die Frische der Luft – die ersten fröhlichen Farben, die vom Ende des Winters kündeten, riefen Erinnerungen an altbekannte Freuden wach. Und heute scheint es mir, daß manchmal irgendwo tatsächlich blaue Bändchen nicht nur zwischen den Zweigen hervorlugten, sondern fröhlich beschwingt durch die Lüfte flatterten, mochte der Himmel über Föhr an manchen Ostersonntagen noch so grau verhangen sein. In unserer Erinnerung schien, mein ich doch, eigentlich trotzdem immer irgendwie die Sonne.

Und die kleinen Goldhähnchen, die, gelobt sei der liebe Gott, alljährlich nach der Kälte des Winters wieder aus dem Süden zurückgekehrt waren, tirilierten und schnabulierten hoch oben in den frühlingshaften Lüften und den hohen Lärchen und Tannen in unserem Garten – und der böse Onkel Dobbi hatte sie noch nicht verscheuchen können – Gott sei Dank! – und wir, der Hanko und die Line, wir tirilierten und schnabulierten munter hier unten auf Gottes schöner Erden, die uns in Gestalt unserer kleinen Insel und unseres verwunschenen Gartens wahrlich wie der Garten Eden erschien.

Und wenn wir nicht noch immer – umgeben von unseren kleinen österlichen Geschenken – zwischen zartfarbenen Blumen und bunten Ostereiern am Ostersonntagsmorgenfrühstückstisch sitzen und schnabulieren – dann schnabulieren wir noch heut.

Und allen Kindern dieser Welt wünschen wir, daß sie so frei wie die kleinen Goldhähnchen und wir durch diese wunderschöne Welt flattern dürfen – umgeben von lieben fürsorglichen Menschen, die ihnen das Geschenk dieser Erde und des sie umgebenen Himmels hüten und bewahren, auf daß sie mit uns schnattern, futtern und durch die blauen Lüfte fliegen – eingehüllt in Liebe und Märchenträume vom Leben und der Schönheit dieser Welt.

Mögen alle harten Herzen erweichen und alle Kinder betten ins weiche Moos zwischen Blüten und Bäumen, zwischen dem Gesang der Vögel und dem Summen der Bienen, zwischen Schmetterlingen und Libellen, zwischen den kleinen weichen Hummeln und den niedlichen Marienkäfern, zwischen dem Glanz der Sonne am Tag und dem Silbermond am sternenübersäten, geheimnisvoll leuchtenden Himmel bei Nacht.

Zwischen dem Tau am frühen Morgen und einem sanftduftenden zärtlichen Mairegen (auf daß sie wachsen und gedeihen!), zwischen herrlich stürmenden Herbstwinden, goldenen Blättern und bunt flatternden, tollkühnen Drachenrittern, zwischen Bratäpfeln und Vanillesoße mit Zimt und Zucker!

Möge der liebe Gott ihnen liebe Menschen schenken, Papa und Mama, Brüderchen und Schwesterchen, gute Freunde, ein warmes Bettlein, ein gedecktes Tischlein mit so allerlei Köstlichem, ein Häuslein und ein Gärtlein – und viele, viele wunderbare Geburtstags – Weihnachts – und Ostergeschenke!

Das wünschen wir uns, lieber Gott!

Nicht mehr – aber auch nicht weniger!

Amen.

(Und vom bösen Onkel Dobbi erzählen wir Euch ein andermal.)

Guten Morgen, guten Abend –
gute Nacht ...

Das kleine Mädchen streckte vorsichtig sein Beinchen unter der
Bettdecke hervor, als wollte es mit dem großen Zeh die Morgenluft
schnuppern und den Sonnenstrahlen so „Guten Morgen" sagen, die
durch das offene Fenster fielen und ein grün-goldenes Bild von
Licht und Schatten auf die Tapete der Zimmerwände seines kleinen
Zimmers malten. Dann reckte und streckte es sich und – schwupp
– schon saß es senkrecht im Bettchen, gähnte einmal tief und
kräftig, um dann mit einem weiteren – schwupp – aus dem
Bettchen zu springen.
„Guten Morgen, Vögel!
Guten Morgen, Sonne!
Guten Morgen, Himmel! Guten Morgen, Tag!"
Es streckte das blonde Wuschelköpfchen durch das weit geöffnete
Fenster von links nach rechts und nach oben und unten.
Ja! Es war noch alles wie am vorigen Tag und an allen Tagen zuvor!
Die Sonne strahlte, die Vöglein zwitscherten zwischen den Zweigen
und Blätterkronen der alten Bäume, ein zarter Windhauch strich
ihm ums Näschen und die ganze Welt funkelte und - duftete nach
Sommer.

Und wie ein kleiner Sausewind selbst – taps, flitz – mit den nackten
Füßlein ab über die alten hölzernen Dielen durch den schummrigen
Flur die Treppe hinunter, durch Wohnstube und Küche hinaus – in
den Garten.

„Erster!" wollte es gerade in den jungen erblühenden Tag –
zwischen Rosen und rosaroten Hortensien, malvenfarbenen Phlox
und lavendelblauen Glycinien in einem Meer von Grün –
schmettern, da blieb das kleine Geschmetter in seinem Hälschen
stecken, denn ein kleiner blondgelockter Junge – im weißen
Nachthemdchen wie es selbst und barfuß – kam unter den
Fliederbäumen hervorgerannt, einen kleinen Catcher wie eine
Siegestrophäe schwingend und gleichzeitig übermütig jubilierend:

„Nein! Zweiter! Zu spät, Line! Ich war Erster!"

Dann rasten beide lachend aufeinander zu, schmissen die Ärmchen
in die Luft und riefen:

„Nacki, nacki, nacki!"

Dann flogen die Nachthemdchen wie zwei weiße Fähnchen den
Ärmchen folgend erst – schwupp – hoch in die Luft und dann –
platsch – auf den Rasen, und die beiden flitzten in ihren
Unterhöschen – haste nicht gesehen – um die Wette auf einen
großen hölzernen mit Wasser gefüllten Bottich zu.

Und diesmal schmetterte Line ihr „Sieger" und sprang – klatsch,
spritz – als erste ins kühle Naß um eine Nasenlänge gefolgt von
ihrem Brüderchen.

Prustend, spritzend und schnatternd, mit ihren Ärmchen – wie die
kleinen Vögelchen mit ihren Flügelchen – aufs Wasser platschend,
wurde das allmorgendliche Erfrischungsbad in ausgelassenem
Siegestaumel gefeiert und der junge Tag mit fröhlichem
Geschnatter und Gepruste begrüßt.

Sie waren wieder einmal die Sieger des Morgens – und bei den
bevorstehenden Abenteuern des Tages würden sie auch wieder als
die Sieger des Tages und des Abends hervorgehen. Dessen waren
sie sich gewiß!

Bis sie, wie jeden Abend, auf den Armen von Papa und Mama am
Schlafzimmerfenster stehend wieder flüstern würden: „Gute
Nacht, Tag! Gute Nacht, Vögel! Gute Nacht, Himmel! Gute Nacht,
Bäume, gute Nacht, Sterne, gute Nacht, Blumen, gute Nacht, Engel,
gute Nacht, lieber Gott, gute Nacht, Käfer, gute Nacht, Mücklein,
gute Nacht, Schmetterlinge, gute Nacht, Gras, gute Nacht, Wasser,
gute Nacht, Steine, gute Nacht, Spielsachen, gute Nacht - "
und dann würden Papa und Mama sie liebevoll drücken, ihnen ein
Küßchen auf die Stirn geben, und sie würden fast schon
traumverloren seufzen: „Gute Nacht, alle …"

Papa und Mama würden sie ins Bettchen legen und sie würden die ganze wunderbare Welt noch einmal in einer Gute-Nacht-Geschichte erstehen lassen und für immer mit in ihre Träume nehmen.

DAS RAUSCHEN DES WINDES
IM SPIEL DES LICHTS –
DAS SUMMEN DER BIENEN
ÜBER BLÜTEN
IST WIE EIN ERINNERN
AN DEN
VERGANGENEN TAG.

Sommertag im Garten

Daliegen – und die Augen schließen.

Ein Bienlein summt und Grashalme wiegen sich sanft im weichen, schmeichelnden Sommerwind.

Die Natur singt ein Lied.

Leise, verhalten, geheimnisvoll – eine Melodie voller Poesie und Zauberklang trägt uns hinauf in die Wipfel der Bäume mit dem Gezwitscher der Vögel hinauf zu den Wolken ins Himmelblau.

Mit der Macht unserer Gedanken fliegen wir davon in die Zaubergärten unserer Phantasie und landen behutsam zwischen Rosen und Veilchen, zwischen Lavendel und Schleierkraut. Der Duft der Blumen hüllt uns ein in ein Gewand aus Blütenblättern und Sonnenglanz – übersät mit golden glitzerdem Blütenstaub und silbern schimmernden Perlen aus Morgentau.

Elfen- und Schmetterlingskönigen gleich schreiten wir durch unser Reich aus Blüten und Blättern, Käfern und Libellen, Zwergen und schillernden Fabelwesen.

„Guten Tag, Herr Laubfrosch!

 Wie wird denn das Wetter morgen?"

„Hallo, Frau Schnecke, wohin des Wegs?"

„Gut geschlafen, Herr Igel? Was macht denn Ihr Freund, der kleine Maulwurf? Hat er sich endlich eine Brille verschreiben lassen, damit er besser sehen kann?" (hihi…)

„Oh, nein, Frau Nachtigall, wir wollten Sie nicht stören beim Mittagsschläfchen.

Wir wissen, Sie müssen ja heute abend wieder ganz ausgeschlafen sein, wenn wir Ihrem lieblichen Gesang lauschen wollen! – Also Entschuldigung! Und nichts für ungut!"

„Ach, nein, lieber Herr Rabe! Nun geben Sie mal nicht so an! So klug wie Sie, sind wir schon lange!"

Hallo, da ist ja unser Freund der Spatz!

„Was gibt's denn Neues, Herr Spatz?" –

„Ach, mein Lieber, Geschwätz, Geschwätz!

Das pfeifen doch schon die anderen Spatzen von den Dächern!"

Und auf geht's zur Kletterpartie.

Hinauf zu Frau Sonnenblume!

Auf ihrem Dach, umkränzt von goldenen Blütenblättern, haben wir die wunderschönste Aussicht über unser Blumenreich und schwelgen zwischen Farben und Düften, zwischen Gezwitscher und Gesumme und dem Gezirpe unserer Freunde.

„Aah", ein tiefer Gähner, einem Seufzer gleich, entrinnt unserem Brüstchen.

Hups! Wir liegen im weichen Moos, umgeben von grüngoldenem Zittergras unter unserem geliebten Kirschbaum

Und: Halt – Stop! Mischt sich da nicht zwischen den Duft von Rosen und Lavendel, von Malven und Violen ein anderer wohlbekannter süßer Duft von heißer Schokolade und Vanillekuchen? – Jetzt aber aufgesprungen!

Alle Müdigkeit passé!

Aah! Ein herrlich gedeckter Kaffeetisch vor dem Haus und Mama und Hanko winken mir schon zu. Jetzt aber los!

Ade, ihr Elfen. Ade, Zwerge und Libellen!

Nun wird erst einmal gefuttert.

Ade, bis morgen!

Ade, bis gestern!

Ade, bis immer!

Glühwürmchen

Glühwürmchen
leuchten in der Nacht
in weichem Mondenschein
sind sie wie Funken unserer Seelenkraft
leuchtend –
erleuchtet selbst zu sein.

In zarter Sommernacht
des Rösleins Duft –
           der Schlag des Schmetterlings
           in lauer Frühlingsluft.

Des Vogels Sang
in blauer Abendstunde
stillt meiner Sehnsucht tiefe Wunde –
und spricht zu meiner Seele bang:

Schau –
dort der Himmel –
hier die Erde –

nur Staub bist Du
und doch ganz Klang
Du bist des Himmels Offenbarung –
voll Wahrheit, Schönheit und Gesang.

Es ist der Himmlische
der einst Dich schuf
in dieser irdschen Welt
und in des tiefsten Herzens Grunde
spürst immer Du in Dir
                    des Himmels ewgen Ruf.

Wie einer Flöte trauernd bittre Klage
ist manchmal hier mein irdisch Sein
der Sehnsucht voll –
berauscht von himmlisch
                    ahnungsvollem süßen Wein –

und tiefen Träumen
nach dem Ende aller Tage
um ewig, ganz und immer
nur bei DIR –
im Licht der Ewigkeit erleuchtet leuchtend selbst zu sein.

ICH HÖRT

IM NICHT-SEIN EINEN FALTER SPRECHEN:

GIB EINEN HAUCH NUR

FLAMMEN MIR

VOM LEBEN –

VERSTREUST DU AUCH

AM MORGEN MEINE ASCHE –

SO HAST DU

MEHR ALS ALLES

MIR GEGEBEN.

Muhammad Iqbal

prophetischer Poet

und Philosoph

und:

Inge Borchert-Busche

in einer persönlichen

Umwandlung seines Gedichts

Sommerfreuden am Strand

Kleine nackte Kinderbeinchen blitzen aus bunten Höschen hervor und eilen hurtig und schnurstracks der schönsten Verlockung des Sommers – dem Strandvergnügen entgegen.

Die Besitzer dieser niedlichen, so hurtig eilenden Beinchen, kommen kaum schnell genug hinterher in ihren lustigen Sommerhemdchen, beladen mit Eimerchen und Schaufel, Catcher und bunten Förmchen.

Mama – eingedeckt mit weichen farbenfrohen Badetüchern und Picknickkorb – sieht's mit Gelassenheit und Freude.

Gott sei Dank ist der Weg von unserem Haus nur kurz – und schnell ist es geschafft. Über das Dünlein hinweg durch nur ein bißchen pieksenden Strandhafer hindurch – und dann gibt es kein Halten mehr.

Wir tauchen ein in eine andere Welt, die der liebe Gott uns dankenswerterweise so nah vor die Haustür gesetzt hat, wegen derer andere tagelang reisen, eingeklemmt in Autostaus und stickige Bahnwaggons, um sie zu genießen wie wir, vor deren Haustür ein gnädiges Geschick sie quasi gelegt hat; ein Geschenk des Himmels, der uns hier umgibt, so endlos wie das Meer vor uns und der Strand, auf dem wir herumtollen. Alles im gleißenden Licht der Sonne, die uns durchwärmt und fürsorglich streichelt.

Doch genug des ersten Freudentaumels über dieses Sommerglück aus Blau und Gold, aus bunten Strandkörben und bunten – großen wie kleinen – Menschlein – zwischen Dick und Dünn – Alt und Jung, laut und leise – genießen wir das große Strandvergnügen.

Nun alles erst einmal hingeworfen. Eimerchen, Schaufel, Catcher und Förmchen fliegen durch die Luft, platschen in den Sand und wir – wir sind schon längst ganz vorne, wo der Strand seicht und weich sich in das flache, warme Wasser neigt, gerillt und geriffelt von sanften kleinen, flachen Wellen umspült wie unsere weichen Füßchen.

Ein vorsichtiges Abtasten, dann zurück!

Nun fliegen Höschen und Hemdchen durch die Luft – und dann die Beinchen!

Jetzt wieder ab – Richtung Wasser!

Ein kleiner kolibrigelber Kleinmädchen-Bikini und ein knallrotes Klein-Jungen-Badehöschen toben dort vorne wie die Verrückten.

Hoch und runter – hier und dort – die kreuz und die quer – aufeinander zu, voneinander weg – ein herrliches Ballett voller Grazie und Übermut.

Und dann, oh Schreck, sind sie weg!

Ganz weg!

Um – Gott sei Dank – im selben Moment wieder emporzutauchen
aus den flachen durchsichtig glitzernden Gefilden des Wassers und
diesen entsteigend – zwischen Myriaden von blitzenden, blinkenden
Wassertröpfchen – selbst in der Sonne glänzend wie funkelndes
Gold so strahlend und schön.

Nun ab zu Mama, den Spielsachen und dem herrlich grünen im
Sonnenlicht schimmernden Strandkorb.

Schon Hunger! Und erst einmal ein Schinkenbrötchen verdrückt.

Ein tiefer Schluck aus der Limonadenflasche – und nun kann er erst
so richtig beginnen:

Der tausendste, wunderbarste,

sommersonnendurchglühte, salzwassertrunkene,

sandumrieselte, von Kinderlachen durchdrungene,

atemlos schöne – bis zum Umfallen schöne

Sommertagstraum unserer Kindheit auf der Insel Föhr.

Bei Karoline in Oldsum

Hoch auf dem Heuwagen sind wir die Könige der Welt – drei
Ritter des Glücks unter blauem Himmel und goldenen
Sonnenschein, zwischen grünen und bunten Blumenwiesen,
zwischen gelben Kornfeldern und vom Wind geduckten, zerzausten
Bäumen scheinen wir einem Märchenbuch entstiegen mit unseren
goldenen Locken und Augen – wie der Himmel so blau, mit
unseren fröhlichen Lippen so rosarot wie die Heckenrosen am
Wegesrand und unserer braungoldenen Haut wie weicher
schillernder Samt oder das glänzende Gefieder der kleinen
Goldhähnchen.

Wir sind die Könige der Welt, drei Ritter des Glücks, ein Liedchen
trällernd und unsere Freude hinausposaunend und schmetternd wie
ein ganzes Orchester.

Zwischen Sauerampfer und Zittergras, zwischen hohem Schilf
verborgen und dann wieder – Indianern gleich – über die Wiesen
flitzend, zwischen Löwenzahn – auf der Suche nach
Kaninchenfutter für den lieben Herrn Kirstein – gehört uns die
Welt unter dem endlos hohen blauen Himmel über Föhr an den
nimmer endenden Sommertagen unserer Kindheit.

(Oder mit Familie Kirstein, Papa und Mama beim Oldsumer Biikebrennen im Winter! Aber davon erfahrt ihr im nächsten Buch. Vielleicht…)

Hui, wie der Wind

Vergessen waren Forsythienträume, bunte Primeln, Ostereier und das blaue Band des Frühlings.

Vergessen gleißende Sommertage, heißer Sand, das weiche Watt und sanftstreichelnde Fluten.

Vergessen die Freuden des Frühlings, vergessen die Freuden des Sommers – und ab wie der Wind hinaus in das Toben des Sturmes, hinaus in den prasselnden Regen und wirbelndes goldgelbes Laub!

Hinaus in goldene Herbsttage in samtseidiger Luft, hinaus in grau verhangene, feuchtdiesige Nebeltage! – Welch' Wonne: Herbstliche Düfte, Kastanien, manchmal herrlicher Matsch und immer wieder Wind, wechselnd mit Sonne und Regen.

Die Gischt des Meeres, darüber Drachen – vom Strand aufsteigend wie der Blitz oder über Deichen tanzend voll Verrücktheit und Übermut!

Das Leben ist schön und immer wieder neu – und, Gott sei Dank, kehren Frühling, Sommer, Herbst und Winter immer wieder zurück.

Jedes Jahr aufs Neue und doch immer wieder vertraut und gleich – wie ein Lied aus längst vergangenen Kindertagen.

Auf dem Deich

Hui,
so schnell wie der Wind
das himmlische Kind
so weit die Füßlein tragen
wir wollen es heut wagen
geschwind, geschwind!

Der Drachen
er steigt munter
getragen von dem Wind
mal geht es rauf – mal runter
doch immer geht's geschwind!

Wir sind die stolzen Reiter
voll Tollkühnheit und Witz
wir reiten immer weiter
Potz – Donner und auch Blitz!

Wir sind die kühnen Ritter
und streiten mit dem Wind

trotz Unbill und Gewitter

geschwind, geschwind, geschwind.

Und ab geht's dann nach Hause

        erst wenn wir müde sind…

DER DRACHEN

BLAU GRÜN

GRAU

DARÜBER LICHT

EIN KLECKS ORANGE

EINE WAHRNEHMUNG

DIE MEINE GEDANKEN

AUF SICH ZIEHT

GRAUE

WEISSBESCHÄUMTE WELLEN

WOLKEN ZERFLIESSEN

VOR DEM BLAU DES HIMMELS

GRÜNES VORLAND

AUF DEM KINDER TOLLEN

EIN KLECKS ORANGE

AUF DEN FLÜGELN

DES WINDS

EMPORGETRAGEN
ZUM BLAU
UND FÄLLT   PLATSCH!
                          ORANGE AUF GRÜN
                          UND –
                          KINDERLACHEN

Der Deich

Abenteuer voller Weite und voller Ferne.

Voller Vertrautheit und Nähe.

Voller Grün vor unendlichem Blau –

oft grüblerischem Grau.

Stillstand der Zeit - oder Offenbarung der Ewigkeit vor dem

fließenden Licht der untergehenden Sonne am Abend.

Ergreifendes Schauspiel von Farbe und Licht von tiefer

Versunkenheit und Stille jenseits von Zeit und Raum.

Der Deich. Stummer Mahner menschlicher Grenzen und

menschlichen Maßes vor den Urgewalten der nimmer enden

wollenden Schöpfung zwischen deren Stürmen und Gezeiten von

Allmacht und Schönheit wir stehen – atemlos –

wir Menschlein –

inmitten von Zeit und Raum

und doch umgeben und Teil gleichermaßen –

von Unendlichkeit und Ewigkeit.

Relativität und Totalität von Sein in uns und um uns.

Im ewigen Rhythmus von Begreifen und Bewahren, von

Veränderung und allzeit neuer Geburt –

im ewigen Kreislauf des Lebens –

lassen Stille und Weite,

Stillstand und ewiges Wachsen –

zwischen den Grenzen unseres vertrauten Seins und dem endlos

rollenden Rhythmus der Gezeiten – in uns die sich immer wieder

neu gebärende Schöpfung entstehen.

Spiegel von innen und außen.

Quid est quod est – ipsum quod fuit.

Quid est quod fuit; ipsum quod est.

Nihil sub sole novom.

Oder doch?

ERFÜLLT SEIN
VON ALLEM

IN DAS LEBEN ZU FALLEN
WIE IN EIN MEER

VON WELLEN UMSPÜLT

WIE IN EIN MEER
DAS UNS AUFWÜHLT

MIT DEN WINDEN ZU STREITEN
AUF WOLKEN ZU REITEN
ZU DEN STERNEN ZU FLIEGEN
DEN TOD ZU BESIEGEN.

GEBÜNDELTES LICHT

IM SCHMELZPUNKT

DES SEINS

ERGIESST SICH

ÜBER

ALLE FARBEN

UND TAUCHT

IN DEN DUNST

VON AUFLÖSUNG

NUR KONTUREN

VON SCHWARZ

IN EIN MEER

VON GOLD.

Am späten Nachmittag
Fahrt über den
Christian-Albrechts-Koog
Niebüll – Dagebüll

Wintermorgen

Ich wachte auf und blickte von meinem Bett auf das leicht
geöffnete Fenster.
Schneeflocken sanken herab in schweigender gleichbleibender
Monotonie.
Der Duft der klaren Schneeluft wehte wie der durchsichtige
Flügelschlag eines Engels herein und berührte meine Wangen,
meine Stirn und meine Nase mit der kühlen Frische dieses
Wintermorgens.
Klarheit und Friede senkten sich mir als morgendlicher Gruß vom
Himmel herab und bedeckten die Welt mit dem weißen Kleid von
Ruhe und Versöhnung.
Ein Moment atemlosen Stillstandes ließ die Natur in der weißen
Schönheit dieses vertrauten, Jahr für Jahr wiederkehrenden Kinder-
und Wintermärchens verharren und bot sich regungslos dem
ebenso regungslosen Blick des Betrachters dar, um eins zu werden.
Kindheitserinnerungen – an den Ursprung unseres Seins in der
Schönheit und Reinheit der Natur. Dankbarkeit für den nimmer
endenden Strom von Wechsel und vertrauter Wiederkehr,
Geborgenheit im Schoße von Schöpfer und Schöpferwillen.

Vertrauen und allzeit neue Geburt in dem in sich ruhenden Selbst unseres Seins, geborgen in dem, dessen Teil wir sind, dessen Quell wir und der Strom unseres Lebens entspringen.

Dann plötzlich: Kinderlachen und Geplapper.

Ein Pantöffelchen fliegt durch die nun wirbelnden Flocken und versinkt ein paar Zentimeterchen in der zarten unberührten Wölbung des Schnees.

Darauf Gequietsche und Gejuche.

Dann Gepruste.

Staksige kleine Kinderbeinchen – noch ohne Strümpfchen, barfuß unter dem Nachthemdchen – ab durch den Schnee – das Pantöffelchen gerettet – auf daß – wutsch – an anderer Stelle ein zweites fliegt.

Gerechter Ausgleich. Und wieder Gequietsche und Gejuche.

Das Spiel beginnt von vorn – und: auch das zweite Pantöffelchen gerettet.

Nun erst einmal genug der frischkühl glitzernden Flöckchen auf Löckchen, Nachthemd und vor Wonne zitternnden Kinderärmchen. Ein wohliges, erfrischendes winterliches Morgenbad und ab geht's unter Huhu und Juchhu in die warme Küche.

Wie schön kann dampfende heiße Schokolade schmecken, wenn Schneeflöckchen noch in den Haaren schmelzen und feucht und heiß zugleich an Hälschen und Wangen herabrieseln.

Vorfreude auf einen langen Wintertag voll roter schwitzender Kinderbäckchen und irgendwann klammer Zehen und Fingerchen. Aber dann wartet schon längst die wärmende Badewanne, und der glitzernde Schaum läßt noch einmal von glitzernden weißen Winterwonnen träumen, und der Duft von heißen Bratäpfeln und Vanillesoße wetteifert anschließend mit immer noch selig roten Kinderbäckchen, die selbst im Traum noch glühen zwischen wohlig ermatteten Seufzern.

Weihnachten auf Föhr

Es begann immer mit dem Tannenbaum bei Familie Danbach.

Von Anfang an. Seit Mama vor unserem ersten Weihnachten auf der Insel, in Panik die letzte Fähre zu verpassen, unseren schon vorbestellten Tannenbaum auf dem Festland stehen ließ. Von da an wurde unser Besuch bei Familie Danbach, auf der großen Wiese hinter dem Haus Mary, zum jährlichen Vorhöhepunkt des eigentlichen Höhepunktes am Ende eines jeden Jahres. Wenn man einmal von den anderen Vorhöhepunkten absieht, die ebenso zum Weihnachtsfest gehörten: unsere Hamburgfahrten, unsere Besuche in der Kinderabteilung des Alsterhauses und die himmlischen Abendessen und Übernachtungen im Joosthof in Salzhausen, die ebenfalls Jahr für Jahr das „Vorweihnachtsfest" einläuteten.

Ja, bei Danbachs! Das war Vorfreude pur, denn hier wurde jedes Mal mit dem Kauf des schönsten Tannenbaumes das Versprechen besiegelt, daß Weihnachten auch wirklich stattfinden würde. – Man konnte ja nie wissen. Aber jetzt war es amtlich. Und die liebe Frau Danbach – in ihrer Herzlichkeit und kölnisch humorvollen Natürlichkeit, mit ihren immer für uns bereitgehaltenen Schokokringeln und roten Äpfeln, erschien uns jedes Mal wie der weibliche Teil des Weihnachtsmannes – was immer das bedeuten mochte. Auf jeden Fall erschien sie uns wie der Garant, daß Weihnachten auch tatsächlich wieder stattfinden würde. Wie jedes Jahr und für alle Ewigkeit.

Ja, und dann die bereits erwähnten Fahrten ins glitzernde Wunderland des Alsterhauses und der Lichterglanz an der märchenhaft am Jungfernstieg erleuchteten Binnenalster und das überwältigende Gefunkel der Hamburger Innenstadt.

Nicht zu vergessen: der Vorgeschmack auf das weihnachtliche Festessen in unserem geliebten alten Joosthof vor der alten Kirche mit dem Holzturm in Salzhausen und eine nimmer endende Vorfreude auf der Rückfahrt zu unserer Insel.

Aber all dies war nichts zu dem Märchenzauber unseres Hauses am Heiligen Abend.

Wie immer dauerte es eine endlose Ewigkeit.

Und die Spiele mit Papa oben in unseren Kinderzimmern, die Weihnachtsfilme mit Michel aus Lönneberga oder dem alten Scrooge, der erst im hohen Alter sein erstes Weihnachten erlebte, all dies lenkte nur kurzfristig ab von der Spannung, die uns und jeden Raum des Hauses erfüllte, das durch seine festliche Illumination, durch Tannenzweiglein und rotgoldene Schleiflein an Wänden und

Türen schon einen Vorgeschmack dessen erahnen und genießen ließ, dem wir so sehnlichst mit der ganzen Kraft unserer kleinen Seelchen entgegenfieberten.

Und manchmal strömte ein Duft herauf – von Tannennadeln. Dann wußten wir: Mama hatte wieder ein winziges Zweiglein entzündet, auf daß der Duft unsere Näslein erreichte und wir die ganze Vorfreude und Schönheit des Weihnachtsabends tief in uns einatmen konnten. Auf daß nichts verlorenginge, nicht das Zipfelchen einer Erinnerung, nicht die Spur eines Hauches dieses heiligsten aller Abende.

Zum erregenden Endspurt gings dann, als Mama im Kurhotel anrief und das Signal gab, damit Enzo, unser geliebter italienischer Oberkellner, zusammen mit einem immer sehr freundlichen Fräulein, zwei große Körbe brachte mit den zauberhaftesten Köstlichkeiten, von Vorspeisen und Salaten angefangen, über den knusprigsten aller Gänsebraten bis hin zu den leckersten Parfaits oder sonstigen Himmelsgaben wie das legendäre Mousse au chocolat, Creme caramel, Pfirsich Melba oder Feigenmus auf … und, und, und – und das alles auf glänzenden Platten, in prächtigen Terrinen und den großen silberenen Cloches und Bain Maries aus dem wunderbaren Kurhotel von Herrn Weber und Frau Brodersen.

In Null-Komma-Nichts zauberten Mama, Enzo und das Fräulein all diese Köstlichkeiten auf den schon vorbereiteten, festlichst geschmückten Tisch und die ebenso festlich dekorierte alte französische Credence.

Der Tannenbaum war bereits entzündet, die Weihnachtsmusik erfüllte mit ihren lieblichen, ach, so vertrauten Klängen und Stimmen sanft das Haus, als wir hinuntergerufen wurden und in festlicher Kleidung, geschniegelt und gebügelt – Hanko immer mit seiner kleinen, getupften Festtagsfliege – Enzo und dem Fräulein zum Abschied noch ein „Frohes Fest" zuriefen, um dann mit pochendem Herzen inmitten unseres, alle Jahre wiederkehrenden Weihnachtszaubers zu stehen.

Der festlich gedeckte Tisch mit seinen Kerzen und sanftem Blütenzauber, der herrlichste aller Tannenbäume – bis zur Decke des hohen Raumes, Gott sei Dank – wie immer in rot-grün-goldenem Lichterglanz – und die Geschenke darunter in schimmernden Päckchen, in denen das warmglänzende Kerzenlicht sich spiegelte und alles noch kostbarer aussehen ließ.

Wie immer hätte sich Hanko am liebsten gleich ans Auspacken der noch geheimnisvoll leuchtenden Verheißungen gemacht und nur der Duft des Bratens, der ihm in sein Feinschmeckernäschen stieg

61

und die Verlockungen der anderen himmlisch arrangierten Köstlichkeiten – zusammen mit seinem knurrenden Magen – konnten ihn davon abhalten, diesem heißen inneren Verlangen nachzugeben und diesem vibrierenden, flimmernden Zustand seines kleinen Herzchens und Köpfchens doch noch ein Weilchen auszuhalten. Was ihm – und ich gestehe auch mir – dann etwas leichter fiel, weil die sich in all ihrer Pracht darbietenden Köstlichkeiten und Genüsse des Weihnachtsschmauses uns nun doch erst einmal voll und ganz in Beschlag nahmen und in ihren leiblichen Bann zogen.

Dann lustiges Geschnatter, wie immer von der Weihnachtsmusik festlich untermalt – und: vor allem Hankos selbstvergessenes, selbstverlorenes, seliges Gemampfe, seine flinken Blicklein – von hier nach da – immer wieder von seinem Tellerchen auf die übrigen Köstlichkeiten schweifend, um sich genussvoll zu versichern, daß sie noch alle da waren und seine vollen Bäcklein sich auf so mancherlei noch köstlicheren Nachschub freuen konnten.

Gott sei Dank waren unsere Bäuchlein am Ende des festlichen Schmauses irgendwann dem Platzen nahe, sonst würden wir wohl heute noch futtern, aber so konnten wir uns von unseren Bäuchlein weg wieder ganz auf unsere nunmehr wild schlagenden Herzlein und – auf die Geschenke konzentrieren, wäre da nicht dieses

alberne und nervende alljährliche Verlangen von Papa und Mama
gewesen, daß wir nun unsererseits mittels Flöte oder Geige etwas
zum Gelingen des Festes beitragen sollten. Dies war jedes Mal für
alle Beteiligten der zermürbendste Teil des Abends. Immer gab es
ein Gedrängel zwischen Hanko und mir – nach rückwärts, nicht
nach vorwärts, weil keiner von uns beiden als erster seinen
musikalischen Vortrag beginnen wollte.

Und nur Mamas engelsgleicher Geduld, aber auch nachdrücklichen
Appellen, war es letztlich jedes Mal zu verdanken, daß wir dann
doch endlich, mit Gekicher und ständigen Seitenblicken zum
anderen, unserer leidigen Pflicht am Weichnachtsabend halbwegs
genügten und so vermieden, daß Papas Stirne sich an diesem
geheiligten Abend womöglich düster umwölkte.

Und dann war es endlich, endlich, endlich so weit. Denn nun
begann der schönste Teil, nicht nur des Heiligen Abends, nein, des
ganzen Jahres!

Dieses glückselige Herzklopfen, diese aufgeregte Erwartung und
diese Freude beim Auspacken der Geschenke – ich wünsche es
jedem Kind auf der ganzen Welt, und ich bin voller Dankbarkeit bis
heute, daß ich diese Glückseligkeit in einem Haus voller Wärme
und goldenem Farben- und Lichterglanz mit Mama und Papa und
meinem geliebten Hanko erleben durfte. – Und diese
Glückseligkeit,

als Höhepunkt aller anderen Glückseligkeiten, die wir erleben durften, wird mich bis an mein Lebensende tragen und meine Hoffnung und mein Vertrauen auf die Kraft des Guten, des Schönen und der Liebe nie versiegen lassen.

Zwei kleine Kinder im Lichterglanz – behütet von Wärme, Liebe und Glück, das wünsche ich allen Kindern dieser Welt – und ein nie enden wollendes Weihnachtsfest, wie es uns immer bis tief in die Nacht hinein verzauberte und in seinem Bann hielt.

Danke, lieber Gott!

Danke, Englein. Danke, Nacht.

Danke, Sternlein. Danke, Hanko. Danke, Papa. Danke, Mama.

Danke, Himmel. Danke, Oma.

Danke, alle – danke, Leben!

Es ist ein Ros entsprungen …

aus einer Wurzel zart

Zwei kleine Kinderhände berühren behutsam den Schnee, als
wollten sie den Schoß der Erde ganz vorsichtig wärmen, ohne die
Decke des Schnees zu zerstören, die sich ebenso behutsam wie die
Kinderhändchen um das kleine lebendige Stengelchen gelegt hat,
das in der Winterskälte seinen Weg zum Licht der Welt gefunden
hatte – seit Jahrmillionen festgelegt und geprägt – diese
vorbestimmte Stunde der Geburt einer winzigen Christrose. So zart
und so schön wie der Schnee – nicht so schwarz wie Ebenholz,
nicht so rot wie Blut, aber das Stengelchen so behutsam und zart
wie das Fingerchen eines neugeborenen Menschleins – und die
weichen blassen Farben seines Blütenkelches und seiner Blättchen
so sanft wie das Licht der Sterne, das zu uns herüberdringt aus
grauer Vorzeit, dem Beginn allen Lebens. Als Gott sprach: Es
werde Licht – und es ward Licht. Als Finsternis herrschte über der
Erde und Urwirbels Antlitz lag über den Tiefen.
Als alles Leben und alle Schönheit, als alles Licht und alle Wahrheit
entsprungen sind aus der Liebe Gottes – und Frühling, Sommer,
Herbst und Winter, Geburt und Wiedergeburt das Rad des Lebens

in Gottes wunderbarer Schöpfung immer wieder aufs Neue im Kreislauf der Gestirne sich erfüllen und sich vollenden – und die Herzlein der kleinen Seelchen erbeben lassen vor Freude und Andacht über das immer neue Wunder des Lebens. So wie Jesaja uns einst kündete aus den uralten Weissagen Gottes und seine Stimme bis heute – nicht verhallt – zu uns hinüberklingt. Wie das Licht längst erloschener Sterne zu uns dringt und kündet von den Anfängen, so kündet auch jedes kleine Menschlein bei seiner Geburt von den Anfängen des Lebens, von der Liebe Gottes zu den Menschlein – den großen und den kleinen, von seiner grenzenlos sanften und zarten Liebe zu den Christrosen im weißen Schnee, zu den Wölkchen am Abendhimmel, zu dem Gezwitscher der Vögel am Tag und dem Gesang der Nachtigall bei Nacht – zu dem Mäuslein in seiner kleinen Höhle unter der Schneedecke und von seiner Liebe zu Dir und zu mir – zu allem Schönen, zu allem Wahren, zu allem wunderbaren, wunderbaren, geheimnisvollen Leben.

Es ist ein Ros entsprungen
aus einer Wurzel zart.
Wie uns die Alten sungen –
von Jesse kam die Art.

Und hat ein Blümlein bracht
mitten im kalten Winter –
wohl zu der halben Nacht.

Das Röslein, das ich meine,
davon Jesaja sagt,
hat uns gebracht alleine
Marie, die reine Magd.

Aus Gottes ewgem Rat
hat sie ein Kind geboren –
wohl zu der halben Nacht.

Wer Ohren hat zu hören …

oder: De innumerabilis, immenso et infigurabili

Unsere ganze wunderschöne Welt,

Himmel und Erde,

Leben und Tod,

Zeit und Ewigkeit -

das ganze Universum

und wir in ihm -

die ganze unendliche Vielfalt

und Fülle der Schöpfung -

sind wie eine traumvergessene

geheimnisvoll schimmernde, sehnsuchtstrunkene

leistönende Allegorie,

die das Wunder des Lebens

in sich entfaltet und dem offenbart,

der Ohren hat zu hören …

und Augen hat zu sehen …

Ti amo, Giordano.

Der Sternenhimmel über Föhr

Ich trat vors Haus – wie jeden Abend.

Nein, wie jede Nacht – nach einem langen Tag voller Arbeit aber auch voll des Glücks.

Zu dieser Stunde gehörte die Insel mir allein.

Die Kinder schliefen, mein Mann machte sich zum Schlafen bereit – oder saß noch am Schreibtisch über Bergen von Papieren – dem Albtraum unseres Lebens von administrativer Bevormundung und Reglementierung.

Doch all dies war für einen Moment lang vergessen.

Der Himmel wölbte sich über mir und hob mich hinauf in die Unendlichkeit sich öffnenden Seins – in die unendliche Freiheit in mir, als erwachte ich in solchen Momenten aus aller körperlichen und irdischen Enge zu mir selbst, wie Plotin es einmal ähnlich beschrieben hat, wenn man sich selbst ganz innerlich wird und alle irdische Begrenztheit hinter sich läßt. – Dann, wenn man in sich selbst nur noch Gott schaut und das unendliche Universum von Freiheit in uns, die uns niemand nehmen kann, weil sie uns – jedem einzelnen Menschen, jedem großen und kleinen Seelchen – von Gott geschenkt ist.

Die Sterne schauten auf mich herab – wie vertraute Brüder und Schwestern und sprachen mir Mut zu. Sie berührten mich dort, wo in der Tiefe unserer Seele die Kraft verborgen liegt, die alle menschliche Enge und Bevormundung überwinden kann und uns unseren Weg finden läßt. Dort, wo sich unsere Seele mit der unendlichen Tiefe und Weite des Himmels berührt und alle Verzagtheit schwindet.

Das Paradies auf Erden – das gibt es nicht.

Wir müssen es in uns selber schaffen.

Aber Föhr bietet die Möglichkeit dafür, das spürten und hofften wir, als unsere Kinder den Deich erklommen und voller Glück der sich ihnen öffnenden Freiheit entgegenflogen, um auf immer von dieser Weite getragen und beflügelt zu werden, weil sie zu ihrer inneren Weite wurde – allen Flügelstutzern zum Trotz.

Die Verheißung der Kraft des Lebens über alle Stürme und Begrenzungen hinweg, erstrahlt in dem Nachthimmel über Föhr. Still und geheimnisvoll leuchtet sie aus den Tiefen der unendlichen Schönheit des Universums in die ebenso unendliche Tiefe und Schönheit unserer Seele.

Uns Trost und Verheißung in den Stürmen, die wie über unser Leben immer wieder auch über dieses Eilun Föhr hinweggegangen sind.

Die Ruhe, die Stille, die Geborgenheit einer Insel – auch in den

Stürmen des Lebens – gibt Raum für das Wesentliche. Jenseits vom

Lärm und sinnentleertem Trubel, von allen Trends und Tendenzen

der zeit birgt sie ein Stück Ewigkeit.

Ein Ort für Kinder, fliegen zu lernen –

Und sich nicht stutzen zu lassen.

Wind – Sand und Meer –
Oder: Es war als hätt' der Himmel …

Der Himmel und die Sterne, die Vögel und der Duft der Blumen –
das Rauschen des Windes in den hohen Kronen alter weiser Bäume
– dies sind die Begleiter und Beschützer unserer Seele.

Ohne die Schönheit und geheimnisvolle Innerlichkeit der Natur
kann sie nicht wachsen, sich nicht entfalten und nicht fliegen
lernen, sondern verdorrt im Kahlschlag urbaner Krebsgeschwüre,
wo den Menschen der Sinn und das Glück ihres Lebens so oft
verloren geht.

Denn die Seele des Menschen ist wie das Meer, in dem sich der
Himmel und mit ihm das ganze Universum – die ganze
geheimnisvolle Schönheit der Natur spiegelt.

Die Verbundenheit mit der Natur breitet Flügel aus in uns, wie es
mit den Worten Joseph von Eichendorffs nicht schöner
beschrieben werden kann:

> Es war als hätt' der Himmel
> die Erde still geküßt,
> daß sie im Blütenschimmer
> von ihm nur träumen müßt.

Die Luft ging durch die Felder,
die Ähren wogten sacht,
es rauschten leis die Wälder,
so sternklar war die Nacht.

Und meine Seele spannte
weit ihre Flügel aus,
flog durch die stillen Lande,
als flöge sie nach Haus.

DE UMBRIS IDEARUM

IM KALEIDOSKOP UNSERES LEBENS
BRICHT DAS LICHT
EIN STÜCK EWIGKEIT

GEBROCHENE ZEIT
ERBLÜHT
IN DEN FARBEN
DES LICHTS

WAHRHEIT HÄLT INNE
IN EINEM AUGENBLICK

oder: vicit instans -

Es werde Licht –
oder: De la causa, principio et uno

Unser Denken ist wie ein Strom, der sich aus der Quelle des Lebens speist. Und kein Gedanke geht verloren – auch wenn wir ihn manchmal vergessen. Alles fließt in das Meer unseres Lebens ein – unaufhörlich, steigt zum Himmel und kehrt wieder zurück; wie der Tau des frühen Morgens – gespeist aus den Wassern der Urzeit – jeden Morgen wieder die Erde benetzt und erfrischt und keine Dürre der Welt ihn hindern kann, sein Leben spendendes Werk immer wieder aufs neue zu tun – aus dem nie versiegenden Quell des Anfangs.

> Denn der Geist Gottes schwebte
> über den Wassern. In ihm war das
> Leben. Und das Leben war das Licht
> der Menschen, das sich in den Wassern
> spiegelt – wie der Mensch ein Spiegel
> Gottes wird, wenn er sich aus der Quelle
> des Geistes speist wie der Strom
> des Lebens aus den Urtiefen des Seins

und die Finsternis schwindet auf der
Tiefe und Raum gibt – dem Anfang
des Menschen mit Gott, als Gott
sprach:

Es werde Licht.

EWIGKEIT

IST MEINE ZEIT

MEIN WEG

IST DIE UNENDLICHKEIT

LICHT

IST MEINER SEELE

KLEID

SCHIMMERND

IN DES ÄTHERS BLAU

SO WEIT

LICHTGEBOREN

AUS DEN STERNEN

BIN ICH

SELBST GANZ LICHT

STAMM VON DIR

AUS HIMMELSWEITEN

FERNEN

KEHRE HEIM ZU DIR

WENN IRDSCHE ZEIT

MIR BRICHT

AUSGANG

FÜHRT MICH SO

ZU MEINEM IRDSCHEN ENDE –

EINGANG

FIND ICH

IN DEM EWGEN SEGEN

DEINER HÄNDE.

SCHÖNHEIT
ERBLÜHT
AUS EINEM
INNEREN
GEHEIMNIS
HERAUS

DAS
TEIL VON UNS WIRD
WENN
ES UNSER HERZ
BERÜHRT

WENN
WIR
DAS HERZ
EINES ANDEREN
MENSCHEN
BERÜHREN
WIRD
EIN TEIL DIESES GEHEIMNISSES
OFFENBAR

GOTT

OFFENBART

SICH DORT

WO MENSCHEN ZU SEHEN VERMÖGEN

UND BERÜHRT WERDEN

STERNENWIESEN

STERNE
ERBLÜHEN
IM GARTEN
MEINER KINDHEIT

STERNENWIESEN
SIND
DIE QUELLE
MEINES LEBENS
DER URSPRUNG
MEINER WANDERUNG

STERNENWIESEN
SIND DEM HIMMEL
NAH

STERNENWIESEN
ERBLÜHEN DORT
WO UNSER HERZ
ERFÜLLT IST
MIT WÄRME

KINDER MEINER SEELE
oder: FÜR DICH UND DICH

GEBOREN

AUS DES HIMMELS

SPHÄREN

ERWACHET

AUS DER STERNE

LICHT

GEBOREN

AUS DEM SCHWEIGEN

GOTTES

DASS

SICH DAS LICHT

IN MIR

EINST

BRICHT

EIN STERNENKIND

IN DIESER WELT

DES DUNKELS UND DER LEERE

DASS

SICH SEIN LICHT

DURCH MICH ERHELLT

ICH EINS SO MIT IHM WERDE

SEIN

LICHT

WARD FLAMME

MIR

WARD KERZENSCHEIN

WARD

ZÜNDKRAFT

MEINES LEBENS

ERFÜLLTE SO

MEIN GANZES SEIN

UND LIESS MEIN HERZ ERBEBEN

IN SEINEM LICHT

WARD ICH GEBOREN –

ERWACHTE

ICH

UND FAND

ZU MIR

IN SEINEM LICHT
WARD MIR VERSCHWOREN
DIE GANZE WELT
UND
ICH
MIT IHR

IN SEINEM LICHTE
FAND ICH EUCH –
EUCH – KINDER MEINER SEELE –
IN SEINEM LICHT
ENTBRANNTE ICH
FÜR EUCH –
FÜR DICH UND DICH

IHR
SEID
DAS ZENTRUM
MEINES LEBENS
VOLL LICHT

VOLL WÄRME
UND VOLL GLÜCK

FÜR EUCH
WILL ICH
MEIN GANZES LEBEN
GEBEN
UND FINDE SO
ZU MIR ZURÜCK

IHR SEID
MEIN SEIN
IHR
SEID MEIN ALLES
IHR
SEID MEIN ALLES
UND MEIN EIN

IHR
SEID
VON GOTT
MIR EINST GEGEBEN

IHR WURDET MIR
DER SONNE SCHEIN

IHR
SEID
MEIN GLÜCK
IHR SEID MEIN ALLES
IHR
SEID MEIN ALLES
UND MEIN EIN

IHR SEID
VON GOTT
MIR EINST GEGEBEN
UND
WURDET SO
MEIN LICHT –
MEIN LEBEN

IN EUCH
FAND ICH DAS LICHT
DER WELT

IN EUCH

SAH ICH DES HIMMELS GLANZ –

IN EUCH

GAB GOTT

MIR NEU MEIN LEBEN –

IN EUCH

WARD ICH ERSCHAFFEN

GANZ

IN EUCH

ERBLICKTE ICH DAS LICHT DER WELT

GANZ NEU

GANZ WUNDERBAR UND REIN

VOLL TIEFSTER BOTSCHAFT

AUS DES HIMMELS TIEFEN

VOM TIEFSTEN GRUNDE

ALLEN SEINS

IN EUCH

ERBLICKTE ICH

DIE REINHEIT –

DIE SCHÖNHEIT

UND DES HIMMELS GLANZ

IN EUCH ERWACHTE

IN MIR GOTTES LIEBE

IN EUCH

WARD ICH ERSCHAFFEN

GANZ

IN EUCH

FAND ICH DEN URSPRUNG

ALLEN LEBENS

VOLL TIEFSTER SCHÖNHEIT

UNSAGBAR –

SO SCHÖN –

IN EUCH

FAND ICH DIE TIEFSTE

LIEBE

SO TIEF

ALS WOLLTE ICH VERGEHN.

ICH WAR EIN KIND

AUF EINER BLUMENWIESE

UMGEBEN VON BLÜTEN

IN DAS HERZ

EINES BLÜTENKELCHES

SCHAUEND –

MICH SELBST

ERBLICKEND

IMMER WIEDER

UND IMMER WIEDER –

IMMERDAR

SCHAUEND

IN DEN SPIEGEL

MEINES AUGES

MICH SUCHEND

UND FINDEND

IMMERDAR –

MICH SUCHEND

UND NEU GEBÄREND

IMMERDAR

IM

SPIEGEL MEINES HERZENS

SPÄTSOMMER

SPÄTSOMMER
SOMMERREIGEN
ERFÜLLT
VON DUFT
UND LICHT

BLÜTEN
SEH ICH
SICH NEIGEN
FARBWOGEN
DICHT AN DICHT

DAS SPIEL
VON WIND
UND GRÄSERN
DER DUFT
VON SALZ UND TEER
SCHAUMKRONEN
AUF DEN WOGEN –
GANZ NAHE
IST DAS MEER

WEISS WOLKEN –

BLAU DER HIMMEL –

TRÄUME

FLIEGEN HINAUS –

BUNTE

WIMPEL FLATTERN

ÜBER GEDUCKTEM HAUS

UND –

NACKTE KINDERFÜSSE

ÜBER DEM WEISSEN SAND

ICH SPÜRE

UNSÄGLICHE LIEBE

UND –

EURE KLEINE HAND

UND WIEDER

GEHT EIN SOMMER

ÜBER DAS HEISSE LAND

VOLL BLÜTENDUFT

UND FRÜCHTEN –

EIN BECHER

GEFÜLLT BIS ZUM RAND

SEIT VIELEN KINDHEITSTAGEN
VOLL BLÜTENDUFT
SO SCHWER
SEIT VIELEN KINDHEITSTAGEN
EWIGE WIEDERKEHR

SEIT VIELEN KINDHEITSTAGEN
VOLL KINDERLACHEN
SO LEICHT
VOLL WUNDERSAMER SPIELE
AM MEER
DAS WASSER
SO SEICHT

EIN EWIGER
EWIGER SOMMER –
VOLL EWIGER WIEDERKEHR
UND DOCH –
ER IST VERGANGEN

DER BECHER
ER IST LEER.

Der Becher – er ist leer …

Dieses Gedicht habe ich ein Jahr vor dem Tod meines Mannes
geschrieben.
In einem Moment voller düsterer Ahnungen.
Es spiegelt mein Lebensgefühl bis heute wieder – bis auf einen
Punkt: Der Becher ist nicht leer.
Der Schatz unserer Erinnerungen ist der Same, der aufgeht. Denn
nichts geht verloren. Nichts vergeht. –
Wie die Gezeiten des Meeres wandelt sich alles und kehrt zurück –
wie auch die Seele des Menschen immer wieder heimkehrt – an den
Ausgangspunkt ihrer Wanderungen – um sich immer wieder aufs
Neue ins Werden zu begeben, um immer wieder einen Anfang zu
setzen, um immer und immer wieder zurückzukehren – erfüllter –
in die unendliche Freiheit und Schönheit des Lebens, weil sich nicht
die zeit, sondern das Leben erfüllen muß, um der Ewigkeit – und
mit ihr allem Sein – Glanz zu verleihen.

IM PLÄTSCHERNDEN KRISTALL

DES WASSERS

SPIEGELT SICH

DAS FUNKELN EINES TAGES

UM SICH IM SPIEGEL MEINER SEELE

ZU BRECHEN

UND MEIN HERZ

ZU DURCHSTRÖMEN

MIT LIEBE ZU DIR

… UND KINDERTRÄUME

FLIEGEN

WEIT ÜBER DAS WEITE LAND

SIE FLIEGEN

HOCH ZU DEN STERNEN

ZU FERNER KÜSTEN STRAND

SIE SIND

SO VOLLER SEHNEN

VOLL HOFFNUNG

UND VOLL MUT

VOLL MUT

FÜR DAS GANZE LEBEN

VOLL KRAFT

UND VOLLER GLUT

OH –

WAGT SIE NICHT

ZU BRECHEN

DIE KRAFT

SIE IST SO ZART

OH –

WAGT SIE NICHT

ZU BEUGEN –

DER MUT

SO SANFT

UND NICHT HART

IHR GANZES HOFFEN UND SEHNEN

IST VOLLER ZUVERSICHT

IST VOLLER GOTTVERTRAUEN

NICHT DAVON

DASS MAN SIE BRICHT

ICH HABE VERSUCHT

DAS EINFACHE ZU BEGREIFEN

DAS JEDER BEGREIFEN KANN

ICH HABE MICH IM RAUSCHEN DES WINDES

VERLOREN

IM SPIEL DER BLÄTTER MIT DEM WIND

ICH HABE EIN BUCH MIT VERSEN

UNTER ZWEIGEN GELESEN

UND MEIN HERZ

VON DEM SPIEL DES LICHTS

BERÜHREN LASSEN

MEINE AUGEN

SIND DEM GEZWITSCHER

DER VÖGEL

GEFOLGT

IN DIE BLÄTTER- UND WOLKENDOME

DIESER WELT

ICH BIN

MIT DEM GESANG DER VÖGEL

DAVONGEFLOGEN

INS PARADIES

Nachtrag

1995 kauften mein inzwischen verstorbener Mann und ich ein
kleines altes, 1912 erbautes Stadthaus in der Nähe des Südstrandes
von Wyk auf Föhr, das ich in den Jahren 1996 – 1997 restaurierte.
Ich gab diesem Haus den Namen „VILLA FLORA".
Als Symbol dafür, daß man einem alten Haus und einem alten
verwunschenen Garten die Seele erhalten und neues strahlendes
Leben in ihm wecken und erblühen lassen kann. Ich wollte damit
ein Zeichen setzen gegen die Vergewaltigung von Architektur und
Natur, deren Harmonie nur zu oft zerstört und den Gesetzen eines,
im übrigen oft falsch verstandenen Marktes geopfert wird.
In den Namen und die Gestaltung dieses Hauses flossen viele
Erinnerungen an die Kindheit meiner Kinder in einem ebenfalls
alten Haus voller Licht und Farben und einem verwunschenen alten
Garten auf der Insel Föhr ein.
Inzwischen sind dieses Haus und sein Name für mich zum Symbol
geworden für meinen Kampf, meinem Leben auch nach dem Tod
meines Mannes – und vieler sich daraus ergebener Schwierigkeiten
und Probleme – Ausdruck zu verleihen und am Erblühen von
Liebe und Menschlichkeit in dieser Welt - zusammen mit meinen
Kindern- mitzuwirken.

Man kann in diesem Haus – der VILLA FLORA – heute traumhafte Ferien verbringen.

Informieren Sie sich unter www.villa-flora.de oder rufen Sie mich an unter 04681-1654.

Sie sind herzlich willkommen!

Inge Borchert-Busche   Wyk auf Föhr, 23. Mai 2006

Die VILLA FLORA – Ferien wie in Kindertagen !

Eine romantische alte VILLA – barfuß über Holzfußböden, durch das Wäldchen in wenigen Minuten zum Strand, ein großer Garten neben einem alten Park und dem altehrwürdigen Gebäudeensemble des Friesenmuseums.

Morgens, schnell zu Fuß – oder Papa joggt – zum Bäcker, ein paar Schritte – und schon sieht man das Meer ! Schnell tief durchatmen, sich nicht sattsehen können an dieser Strand – Meer – und Wattlandschaft, sich freuen auf den Tag ! Und schnell zurück !

Lustiges Geplapper am Frühstückstisch im Garten und Vorfreude auf jeden Tag, voll Sonne, manchmal Wind, und viel, viel Meer und immer wieder Licht, Sonne, unendlich weiter Himmel. – Daliegen und mit den Gedanken davonfliegen. –

Ehrfürchtiges Staunen – und Glück – wenn am Abend das Licht vom Himmel fließt und alles eintaucht in ein Meer von Gold und unser Herz atemlos schlägt.

Zur Autorin

Inge Borchert-Busche wurde – nach der Flucht ihrer Familie aus Ostpreußen – am 24. November 1946 in einer Kleinstadt in der Nähe von Hamburg geboren.

Schon sehr früh interessierte sie sich für Malerei, Architektur und philosophisch-theologische Fragen.

Nach dem Besuch des Gymnasiums studierte sie Germanistik und Philosophie, später Psychologie und Politologie.

Nach einer mehrjährigen Tätigkeit als Lehrerin in den Fächern Deutsch, Geschichte und Politische Weltkunde eröffnete sie 1980 ein Geschäft für Kunsthandwerk aus Portugal und Spanien. Neben zahlreichen Ausstellungen widmete sie sich über viele Jahre dem Thema Volkskunst auf der Iberischen Halbinsel, verbunden mit vielen Aufenthalten in dieser Region. Insbesondere mit ihrem späteren Mann, dem Arzt Dr. Ingo Busche, unternahm sie in der Zeit von 1975 – 1983 viele volkskundliche Reisen, vor allem auch durch das Landesinnere von Portugal und Spanien.

1981 und 1982 wurden die gemeinsamen Kinder, Philine und Jannico, geboren.

Das Erlebnis der Geburt dieser beiden Kinder wurde zum zentralen Ereignis im Leben des Ehepaares, das sich 1984 mit der Familie auf der Insel Föhr niederließ.

Diese Zeit des Glücks und tiefsten Empfindens thematisiert Inge Borchert-Busche in dem vorliegenden Band.

1986 eröffnete sie auf der Insel ein Einrichtungs-Studio mit Landhaus- und z.T. avangardistischen Designermöbeln. In wechselnden Ausstellungen gestaltete sie u.a. die folgenden Themen:

Die Glaskunst von Foscarini, Kandinsky und die Formensprache der Moderne, die Memphis-Gruppe um Ettore Sottsass und Matteo Thun, Möbel und Design, Poesie und Farbe, Bohuslav Horák und Boris Sipek, Kalligraphie und Kunst als Ausdruck meditativer Versenkung.

Getragen von Glück und Erfüllung in Beruf und Familie – und der großen Liebe zu ihren Kindern – setzt Inge Borchert-Busche, trotz aller Alltagsbelastungen, immer wieder ihre schriftstellerische Tätigkeit fort, die sich am Thema des Judentums und des Faschismus in Deutschland vor allem mit der zentralen Frage ihres Lebens auseinandersetzt: Was ist der Mensch dem Menschen?

Hierbei entsteht eine tiefe innere Versenkung in die deutsch-
jüdische Geistesgeschichte, in den Ursprung des Judentums und
damit in die Geschichte des Menschen und seiner Herkunft
überhaupt. Getragen und gelenkt wird diese innere
Auseinandersetzung von einer tiefen Liebe zu allem Leben, zu Gott
und seiner Liebe zu allem Sein, die am ungebrochensten aus allem
neugeborenen Leben, ja, selbst aus dem kleinsten Pflänzlein
erstrahlt.

Das Erlebnis der Kindheit ihrer Kinder läßt diese universelle Liebe
in ihr wachsen und führt sie in die Kindheit ihrer eigenen Seele, in
die Kindheit ihres eigenen Menschseins zurück.
In dem vorliegenden Band versucht Inge Borchert-Busche diesem
Lebensgefühl, das ihren Alltag erfüllt, Ausdruck zu geben.

Ein weiterer Band über jüdischen Geist in Deutschland und in der
Welt – sowie ein Band über Ausstrahlung und Lebensgefühl des
Giordano Bruno – sind in Vorbereitung.

Über sich selbst und ihren Standort in der Welt
sagt Inge Borchert-Busche:

„Begreifen ist vor allem erst einmal Wahrnehmung und – der
eigenen Wahrnehmung trauen.

Sehen, was ist und – wie etwas ist.

In der Sprache der Farben und Formen genauso wie im Geistig-Seelischen.

Wie sich Schönheit und Wahrhaftigkeit in der Harmonie von Farben, Formen und Tönen ausdrückt, wie zugleich das wunderbare Bild vom sternenübersäten Nachthimmel reinste Ästhetik, tiefstes romantisches Gefühl, zauberhafteste Poesie und doch zugleich reinste Physik und Mathematik nicht nur widerspiegelt, sondern auch i s t , so ist auch alle geistig-seelische Wahrhaftigkeit immer schön und das Innere des Menschen genauso berührend und ergreifend wie die Schönheit und Wahrheit der äußeren Bilder – Unaufrichtigkeit, Verlogenheit und jede Art von Manipulation dagegen ist immer verbogen, häßlich und abstoßend. Alles Wahre, Echte, Edle ist von Reinheit, Klarheit, Schönheit und Transparenz gekennzeichnet.

Es ist für mich immer wieder aufs neue erstaunlich und das größte Wunder, wie differenziert, vielfältig und umfassend der Mensch in seiner Wahrnehmungsfähigkeit angelegt ist, um mit dieser – sich permanent verströmenden Evidenz von Wahrheit und Schönheit in der ihn umgebenden Welt auf den vielschichtigsten Ebenen korrespondieren, ja, sie überhaupt so komplex und vielfältig wahrnehmen zu können.

Und wie alles Schöne, Echte und Reine immer auch Zuneigung und Liebe in uns entstehen läßt, so kann umgekehrt reine Liebe auch nur Schönheit und Wahrhaftigkeit erschaffen, Gerechtigkeit, Barmherzigkeit und Aufrichtigkeit in uns erwecken.

Für mich ist es das Faszinierendste und Berührendste überhaupt, die Komplexität dieser Zusammenhänge zu entdecken, sie zu erspüren.

Dies kann nie durch eine oberflächliche Lebens- und Betrachtungsweise erreicht werden, sondern nur durch die ganze Hingabe ans Leben, durch die totale Öffnung zum Leben.

Anders wird man nicht sehend.

Bequemlichkeit macht oberflächlich und blind, die Trägheit des Herzens gleichgültig, stumpf und gefühllos."

Die Welt der Inge Borchert-Busche entsteht nicht aus vorgegebenen Theorien, sondern aus der eigenen Wahrnehmung.

Sie wird immer umfassender selbst entdeckt – in enger organischer Verwobenheit und Verflechtung ihres All-Tags, den sie zusammen mit ihren Kindern in der sie umgebenden Natur erlebt, und der für sie genauso alltäglich existierenden Welt des geistigen Studiums, des geistigen Dialoges und der geistig-emotionalen Reflexion.

So ist es bezeichnend, daß ihre geistige Liebe Menschen gehört, wie

z.B.: einem Thomas von Aquin, einem Nikolaus von Kues, einem

Meister Eckhart, einem Plotin, einer Hildegard von Bingen, einem

Giordano Bruno, einem Hölderlin, Schelling und Robert

Schumann, Hermann Cohen, Franz Rosenzweig, Leo Baeck, einer

Edith Stein, einer Simone Weil oder einem Gershom Scholem.

Das geistige Schaffen dieser Menschen – die Ausstrahlung ihrer

Persönlichkeit – erfüllt ihren Alltag genauso mit Schönheit, Liebe

und Wärme – wie der Himmel und die Sterne, der Gesang der

Vögel und „das plätschernde Kristall des Wassers" im Licht der

Sonne.

Erkenntnis formiert und formuliert sich ihr dabei gleichermaßen in

poetisch-bildhaften wie in poetisch-abstrakten Bildern eines zeitlos

lebendigen All-Tages in der Zeit, der sie umgibt, universell erfüllt,

prägt und trägt und – ewig bleibt. – Endliches und ewiges Sein, in

dem die Liebe als die alles hervorbringende und bewahrende Kraft

der Ewigkeit erstrahlt – als Keim allen Lebens, des Lebens

überhaupt, dies ist das Thema ihres Lebens, das sie durch das

Erlebnis der Geburt und des Heranwachsens ihrer Kinder am

fundamentalsten empfunden und begriffen hat.

„Jede Suche nach der Wahrheit ist letztlich immer eine Suche nach Gott."

Diese Worte Edith Steins spiegeln das Empfinden und die Weltsicht Inge Borchert-Busches genauso wieder, wie die Worte von Simone Weil: „Das Schweigen Gottes zwingt uns zur inneren Stille."

„In der Stille erklingt uns der Stillstand der Zeit und wir gewahren den Ruf der Ewigkeit. Und der Ruf der Ewigkeit ist immer der Ruf Gottes an uns, den wir nur in der inneren Stille zu hören vermögen. In der inneren Einkehr finden wir Gott. Spiegel unserer Gedanken auf der Suche nach Wahrheit, die in der Konzentration, ja, in der Leere, ihre größte Ausweitung erfahren."

So sagte es Inge Borchert-Busche einmal.

Über sich selbst und ihr Leben schrieb sie: „Mein Leben war immer erfüllt bis auf den heutigen Tag von einer Sehnsucht, die mich suchen ließ. Gleichermaßen war und ist diese Sehnsucht in die Vergangenheit wie in die Zukunft gerichtet; und je älter ich werde, je mehr kehrt sie in meine Kindheit zurück, als sei dort bereits schon einmal alles vorgegeben. Als sei das Ziel des Kommenden in umgekehrter Richtung zu finden. Wie eine Heimat, die uns schon einmal geschenkt war. Denn unsere Sehnsucht ist die Erinnerung an diesen Ausgangspunkt, an die Heimat unseres Lebens.

Diese Sehnsucht ist für mich wie eine Wanderung durch die
Geschichte der Menschen. Zurück zu dem Sternenhimmel
Abrahams in der Weite des Landes Kanaan. Auf der Suche nach
Gott.

Es ist das Spüren der klaren Nacht über der Wüste. Es ist die kühle
Klarheit der Wahrheit, die sich in ihrer ganzen Größe und
Schönheit in Wenigem wiederfindet, wie die ganze Gestalt und
Vielfalt eines Menschen in seinem Namen wiederklingt.

Es sind wenige Worte, die sich um die Suche und das Sehnen des
Menschen ranken und die immer wiederkehren, weil sie sein Leben
bestimmen wie die Wahrheit, von der wir kommen und zu der wir
wieder finden sollen, indem wir uns finden, um zu Gott
zurückzukehren.

Es sind die Worte
von Anfang und Ende
von Leben und Tod
von Ewigkeit zu Ewigkeit.

Es sind die Worte
von Liebe und Hoffnung
von warm und kalt
von Tag und Nacht

von Licht und Schatten

von Ja und Nein

von Wahrheit

und Gerechtigkeit die in der Wahrheit wurzelt.

Von Schönheit, die sich in der Schöpfung zeigt

und die Herzen überwältigt

immer wieder von neuem

an jedem Abend, an jedem Morgen.

Eine Schönheit so strahlend und herrlich,

daß es mir das Herz zerreißt vor Schmerz

und Liebe zu dieser Schöpfung

zu diesem Leben."

Ich danke
Renate (Nati) Schröder,
Markus Berger
und Marcus Schröder
für ihre Geduld und
Unterstützung!

... mit Mama

... Ostern in Niebbum

... 3. Geburtstag

... mit Papa

112

... auf geht's

... das Leben entdecken

www.villa-flora.de

114

www.villa-flora.de

115

Inhalt